Lili Chartrand

Rouge-Babine, vampire détective

Illustrations
de Marie-Pierre Oddoux

la courte échelle

Les éditions de la courte échelle inc.
5243, boul. Saint-Laurent
Montréal (Québec) H2T 1S4
www.courteechelle.com

Directrice de collection :
Annie Langlois

Révision :
Sophie Sainte-Marie

Conception graphique :
Elastik

Mise en pages :
Sara Dagenais

Dépôt légal, 3ᵉ trimestre 2006
Bibliothèque nationale du Québec

La courte échelle reconnaît l'aide financière du gouvernement du Canada par l'entremise du Programme d'aide au développement de l'industrie de l'édition pour ses activités d'édition. La courte échelle est aussi inscrite au programme de subvention globale du Conseil des Arts du Canada et reçoit l'appui du gouvernement du Québec par l'intermédiaire de la SODEC.

La courte échelle bénéficie également du Programme de crédit d'impôt pour l'édition de livres — Gestion SODEC — du gouvernement du Québec.

Catalogage avant publication de Bibliothèque et Archives Canada

Chartrand, Lili

    Rouge-Babine, vampire détective

    (Mon Roman ; MR28)

    ISBN 2-89021-850-3

    I. Oddoux, Marie-Pierre. II. Titre. III. Collection

PS8555.H430R68 2006   jC843'.6   C2005-942319-6
PS9555.H430R68 2006

Imprimé au Canada

Lili Chartrand

Rouge-Babine, vampire détective

Illustrations
de Marie-Pierre Oddoux

la courte échelle

Lili Chartrand

Après des études en design graphique, Lili Chartrand a travaillé pendant plusieurs années dans le domaine du cinéma d'animation. Aujourd'hui, elle écrit des romans pour les jeunes. Lili est une grande passionnée de lecture et elle aime tout ce qui est magique et farfelu. *Rouge Babine, vampire détective* est le premier roman qu'elle publie à la courte échelle.

Marie-Pierre Oddoux

Dessiner est l'activité préférée de Marie-Pierre Oddoux. C'est pourquoi elle en a fait son métier. On peut voir ses illustrations dans de nombreux albums, romans, bandes dessinées et magazines, publiés en France chez différents éditeurs. *Rouge Babine, vampire détective* est le premier roman qu'elle illustre à la courte échelle.

Aux créatures de la nuit

1

Confidences

Minuit. Ça y est, j'ai cent cinquante ans ! Pourtant, j'ai l'apparence d'une adolescente de treize ans. Je suis petite et mince, et de longs cheveux noirs entourent mon visage aux yeux gris foncé, au nez délicat et aux lèvres rouge vif. Mon secret ? Je suis une vampire.

Ça peut sembler génial, mais, au contraire, ça ne l'est pas ! Depuis un siècle, je vis à Brumenoire, avec interdiction de quitter les lieux. Il y a de quoi perdre son sang-froid ! Pour ne pas devenir folle, je m'évade dans la lecture des aventures de Sherlock Holmes.

Quelle vie palpitante il mène, ce détective !

Je rêve d'une enquête à me mettre sous la canine. Quelle idiote je suis !

La vie à Brumenoire est si routinière et sécuritaire que c'est le dernier endroit au monde où pourrait survenir une énigme à résoudre.

Si je reste à Brumenoire avec une cinquantaine de vampires, c'est pour éviter les chasseurs qui sont à nos trousses depuis un siècle. L'endroit s'avère le refuge idéal : il est situé dans une région inhabitée au climat rude, au fond d'un immense ravin très escarpé presque inaccessible.

Brumenoire est quasi invisible grâce à une nappe de brouillard qui le recouvre. Protégée par un sort, l'entrée n'apparaît qu'aux vrais vampires, sorcières, loups-garous et monstres. Aucune créature normale ne peut pénétrer à Brumenoire.

J'habite une voiture de chemin de fer, parmi la vingtaine qui occupe le fond du ravin. À notre arrivée, nous avons dû les rafistoler. Elles étaient cabossées et éventrées, à la suite du déraillement d'un convoi royal survenu sur l'unique pont de la région.

Avec des planches de bois clouées aux fenêtres pour nous protéger de la lumière du jour, cinq voitures-lits, une voiture-restaurant, des voitures aménagées en bibliothèque, salle de cinéma, clinique, atelier et salon composent le tableau qu'est devenu Brumenoire au fil des années.

Dans ce bled perdu, impossible de capter les fréquences radio et la télé. Pour se divertir, il y a les sempiternels films d'horreur dont les vampires ne se lassent pas, sauf moi qui rêve de films d'aventures.

Quant à la bibliothèque, elle m'ennuie au plus haut point avec ses romans d'épouvante et ses livres de cuisine aux recettes horribles, telles que « ragoût de caillots » ou encore « lièvre aux veines bleues ». Par bonheur, les aventures de Sherlock Holmes sont là pour remédier à cet inconvénient !

Il y a aussi mon chien vampire, Plakett, si rigolo avec sa frimousse pointue et ses gambades enjouées. Je l'ai trouvé peu après mon arrivée à Brumenoire, à l'orée de la forêt. Chien noir à la fourrure à moitié arrachée, il errait telle une âme en peine. Je suppose que le pauvre animal, perdu, a croisé un vampire. À aucun moment je n'ai regretté de l'avoir adopté. Plakett, c'est mon fidèle compagnon !

Il est temps de chercher ma dose quotidienne de sang. Avant de quitter ma voiture, je peigne avec fierté mes longs cheveux noirs jusqu'à ce qu'ils brillent. J'en prends grand soin, car ils me rappellent la chevelure ébène de ma mère, mon unique et précieux souvenir. Gare à celui qui oserait toucher à une mèche de mes cheveux !

Sous une neige fine, enveloppée dans ma cape rouge framboise, je me dirige vers la voiture-restaurant sans qu'aucun vampire ne me souhaite un bon anniversaire. Pas surprenant, ils ne fêtent pas les années qui s'écoulent. «Quelle importance, déclarent-ils, puisque nous sommes éternels ?»

Tiens, voilà mon chien qui revient de la chasse. Ça ne trompe pas, avec ses yeux rouges et le filet de sang qui lui coule de la gueule. Je lui caresse la tête et il aboie, content.

— Lièvre… un délice ! vient-il de japper.

Je sursaute. Ça recommence ! Depuis peu, j'ai l'impression de comprendre Plakett.

Qu'est-ce qui m'arrive ? Il faut que j'en discute avec Belladona, la sorcière de Brumenoire.

Quand on parle du loup… J'aperçois sa silhouette qui marche vers moi. La communauté entière connaît l'histoire de Belladona. Dès sa jeune vingtaine, horrifiée par l'idée de vieillir, elle a trouvé après d'intenses recherches le secret de l'éternelle jeunesse.

Cette recette a toutefois un prix. Belladona garde son apparence de jolie jeune femme le jour et se transforme en affreuse sorcière la nuit. Avant qu'on découvre son secret, elle a préféré se retirer à Brumenoire où elle peut concocter des mixtures, son passe-temps préféré, et circuler à sa guise sans susciter l'effroi.

Avec son dos voûté, Belladona m'arrive à peine au menton. Serrant mon bras de ses longs doigts griffus, elle murmure :

— Retrouve-moi à ma voiture en passant par-derrière. C'est important.

J'opine de la tête sans prononcer un mot. En quel honneur Belladona m'invite-t-elle chez elle, là où aucun vampire n'a encore mis les pieds ?

Rongée par la curiosité, je cogne à la porte

arrière de sa voiture, la seule dont les fenêtres non obturées sont garnies de rideaux.

— Je suis contente de te recevoir chez moi ! déclare-t-elle en souriant, révélant des dents pourries.

Elle referme aussitôt la porte et la verrouille. Mon regard est attiré par les murs décorés de masques variés et par une grande table en chêne recouverte de bocaux, d'un chaudron fumant et d'un vieux grimoire. Au-dessus d'un immense lit sont fixées plusieurs photos d'une jeune femme ravissante au sourire éclatant. Je m'exclame :

— Que vous êtes belle sur ces photos ! Je suis désolée que vous deveniez si…

— Affreuse ? Ne te gêne pas, j'ai l'habitude ! Assois-toi, j'en ai pour une minute.

Belladona revient en me tendant un verre en cristal rempli de liquide rouge.

— Bon anniversaire, Rouge-Babine. À toi ! ajoute-t-elle en levant de sa main couverte de verrues son verre au contenu pétillant et verdâtre.

Intimidée, je trinque et déguste cette dose supplémentaire.

— Si je t'ai invitée chez moi, poursuit la sorcière, c'est que j'ai des confidences à te faire. Je ne veux surtout pas que les autres vampires entendent notre conversation.

Je la regarde d'un air inquiet. Elle me rassure de son sourire noir.

— Voilà aujourd'hui cent ans que tu ingurgites, nuit après nuit, de la poudre de sang-dragon. Mon plus vieux grimoire affirme que cette plante, consommée pendant un siècle, confère des pouvoirs.

Je reste bouche bée. Dire qu'au début je rechignais à prendre cette poudre ! Or, je n'avais pas le choix. J'avais développé une intolérance au sang peu de temps après mon arrivée à Brumenoire. Du jamais vu dans le monde des vampires !

Je me rappelle la batterie de tests que j'ai passés. Ma frayeur quand j'ai su que je supportais seulement le groupe sanguin AB-, un des plus rares au monde.

Une chance que la loi sur les vampires mineurs a été appliquée ! Elle disait texto : «Étant donné le faible nombre de vampires mineurs, ces derniers doivent être sauvés par tous les moyens possibles en cas d'urgence.» Quand je pense à la quantité de vols perpétrés dans différentes banques de sang pour dénicher ce groupe sanguin, c'était fou !

Puis est venu le jour inévitable où les réserves ont fini par manquer. Ma panique a été de courte durée, car Belladona a trouvé la solution en fouillant dans ses grimoires.

Pour me nourrir, il suffit de diluer une cuillerée de poudre de sang-dragon, une résine rouge extraite d'une plante rare aux propriétés mystérieuses, dans une dose réduite de cinquante millilitres de sang AB-. La réserve dure donc dix fois plus longtemps ! Le hic, c'est que j'ai perdu mes pouvoirs à cause de cette mixture.

Je soupire. Adieu ouïe fine, odorat développé, regard perçant, force considérable, et surtout capacité de me transformer en chauve-souris. Finie l'enivrante sensation de liberté et du vent qui caressait mon museau de noctule.

Malgré cela, je reste une vampire : je ne consomme que ce sang modifié, dors le jour, n'ai pas de reflet, déteste l'ail, les crucifix et l'eau bénite. Les inconvénients de la vie de vampire, quoi !

— Allons, Rouge-Babine, cesse de soupirer ! m'encourage Belladona. Le sang-dragon t'apportera d'autres pouvoirs. Je crois aussi qu'il agit sur ta façon de voir et de vivre les choses. Ton goût pour l'aventure, ta sympathie pour les autres monstres et pour moi sont des points que tu ne partages pas avec tes congénères. Les vampires sont imbus de leur personne et, pour la plupart, dépourvus d'émotions. J'ai l'impression que ton esprit est de moins en moins celui d'une vampire. Tu ne dois pas trop montrer ta différence, déjà que tu t'exhibes avec des vêtements rouges.

— Les vampires sont si déprimants en noir !

— S'ils t'entendaient ! Dis-moi, ajoute-t-elle en feuilletant son grimoire, as-tu ressenti des sensations différentes ce soir ?

Je lui raconte aussitôt l'anecdote avec Plakett.

— Je ne suis pas surprise, le grimoire parle de cette faculté de comprendre le langage animalier, déclare la sorcière. D'autres pouvoirs te viendront au fil du temps, mais mon livre ne précise pas lesquels. Peut-être pourras-tu voler à nouveau, je sais combien ça te manque.

— Ce serait fantastique !

— Cependant, si tu divulgues les pouvoirs du sang-dragon à quiconque, tu perdras aussitôt les tiens. Le grimoire est formel. Je suis contente que ce soit toi qui en bénéficies, avoue-t-elle. Tu es une jeune fille curieuse et si vivante, malgré que tu sois une vampire !

Je lui saute au cou en la serrant fort.

— C'est le plus beau compliment que j'ai reçu en cent cinquante ans !

Belladona me regarde, les yeux brillants.

— Et moi, c'est la première fois que je reçois une aussi belle marque d'affection. Rouge-Babine, tu vois avec les yeux du cœur,

murmure-t-elle en essuyant une larme du revers de la main.

Je deviens aussi rouge que ma cape. Belladona éclate d'un rire grinçant.

— Chère enfant, je ne me rappelle plus la dernière fois où j'ai ri. Quelle délicieuse sensation !

Je quitte la sorcière en la remerciant encore une fois et retourne à ma voiture, rêveuse. Génial, ce sang-dragon ! Soudain, j'entends des aboiements nerveux. Des vampires curieux sortent la tête des voitures. Je cours aussitôt vers la forêt, me rongeant les sangs, car Plakett ne cesse de répéter :

— Rouge-Babine, c'est urgent !

Qu'a donc découvert mon chien ?

2

Une réunion mouvementée

Je m'arrête à l'orée de la forêt. Un peu plus loin, Plakett tourne en rond autour d'un tas de cendres. Je m'approche. Mon chien gémit, la truffe à deux centimètres des cendres.

— Je connais cette odeur. Pourtant, je n'arrive pas à mettre la patte dessus !

Oh non ! Un V a été tracé dans le tas de cendres. C'est la signature distinctive du chasseur de vampires qui rôde depuis dix ans. J'ai lu dans le *Vampyr Express* qu'il a déjà plus de quarante meurtres à son actif.

Soudain, je me fige. Quelqu'un vient. C'est

Argus, un hypnotiseur hors pair. À cause de son talent qui le protège d'attaques-surprises, il est l'un des rares vampires à s'aventurer hors de Brumenoire, surtout pour approvisionner notre banque de sang. Il s'approche, se penche et recule.

— Purpuratum ! murmure-t-il. Les aboiements déchaînés de ton chien m'ont mis la puce à l'oreille. Si je m'attendais à ça…

Je jette des regards furtifs autour de moi :

— Vous croyez qu'il est encore dans les parages ?

— C'est possible, la forêt qui entoure Brumenoire est immense. Ce chasseur est très dangereux, car il a réussi à tuer des vampires parmi les plus puissants. Je vais demander au chef Fossilius d'organiser une battue dans la forêt dès cette nuit.

Je pense aussitôt à Triplax, le monstre à trois têtes qui habite la forêt. Il voit et entend tout, et possède une force colossale malgré sa courte taille. Impossible que ce chasseur lui échappe. Je suggère mon idée à Argus, qui approuve :

— Tu as raison, je crois que Fossilius

préférera tenir la communauté à distance de la forêt, par prudence.

Pas seulement pour cette raison. Fossilius déteste Triplax, et un de ses règlements le confirme : à Brumenoire, les créatures admises à cohabiter avec les vampires sont les sorcières pour leur magie et les loups-garous pour leur protection. Les monstres sont inutiles, offensent le regard et doivent se réfugier dans la forêt.

Je trouve odieux de séparer Triplax de la communauté. Les vampires vénèrent la beauté, mais ne sont-ils pas des monstres d'égoïsme ?

— Il me reste à annoncer la lugubre nouvelle à Fossilius pour qu'il la communique aux vampires, soupire Argus. Je me demande qui est la victime. Et comment ce chasseur a-t-il réussi à pénétrer dans Brumenoire ?

Le front plissé par la réflexion, Argus fait demi-tour. Soudain, j'entends craquer des branches derrière moi. Je me retourne, sur le qui-vive. Ouf ! c'est Triplax, vêtu de son éternel pagne qui laisse voir sa peau violacée garnie de pustules. Je n'ai pas le temps de placer un mot qu'une de ses trois têtes s'écrie d'une voix flûtée :

— J'ai entendu un pschitt, un cling, suivi d'un schououououfff, et pour finir, un rire : ark ! ark ! ark !

Je sors aussitôt mon calepin et note l'information.

— Moi, j'ai aperçu deux silhouettes de taille semblable et enveloppées dans des capes, ajoute la tête centrale d'une voix enrouée.

— Et moi, j'ai vu un éclat de verre et des étincelles, renchérit d'une voix basse la dernière tête. Ah oui ! Une silhouette qui courait vers Brumenoire.

J'écris tout en vitesse. Le chasseur n'est plus dans la forêt et se serait donc réfugié à Brumenoire. Triplax a parlé de deux capes. Or, chaque vampire a une cape ! Le chasseur serait donc l'un d'entre nous ?

Je me sépare de mon ami en lui demandant d'ouvrir l'œil. Impatiente de connaître le nom de la victime, je me précipite à Brumenoire, Plakett sur les talons.

Je n'ai pas vu le temps filer, car j'arrive de justesse à la réunion. Les vampires occupent déjà les banquettes, tandis qu'Argus reste debout. Je me faufile vers la seule place libre, près de Belladona, bien entendu !

— Chers confrères et consœurs, ainsi que Belladona, commence Argus, un vampire a été retrouvé en cendres dans la forêt. Il a été victime du redoutable chasseur de vampires qui signe ses crimes d'un V.

Un murmure parcourt l'assistance. Chacun dévisage Argus, tandis qu'il déclare :

— Si je m'adresse à vous, vous devinez sans peine que le vampire disparu est Fossilius, notre chef. Une grande perte pour notre confrérie, ajoute-t-il d'une voix empreinte de respect. Son poste de chef me revient, puisque j'ai été son assistant et conseiller depuis notre arrivée à Brumenoire.

Ça alors ! Je n'aimais pas Fossilius. Toutefois, sa disparition me cause un choc. Je regarde les vampires autour de moi : aucune réaction. On dirait qu'Argus vient d'annoncer qu'il va pleuvoir !

— Malgré son âge avancé, poursuit l'hypnotiseur, Fossilius était doté d'une grande force et se tenait en permanence sur ses gardes. Comment ce chasseur a-t-il pu le tuer ? Je n'en ai pas la moindre idée. Il faut donc s'organiser.

Primo, défense de s'approcher de la forêt. *Deuzio*, obligation de demeurer dans les voitures ou de sortir accompagné. Y a-t-il des questions ?

— Il y a deux jours, demande un vampire, vous êtes revenu de la ville avec un nouveau chargement de sang. Vous avez peut-être été suivi ?

Un murmure réprobateur suit ses paroles. Je comprends. On ne l'appelle pas maître Argus pour rien ! C'est un as pour détecter d'éventuels poursuivants. En cent ans, seuls deux chasseurs de vampires ont réussi à l'approcher. L'un s'est retrouvé à la cime d'un arbre gigantesque, et l'autre, suspendu au toit d'un édifice de dix étages.

— Aucun individu ne m'a suivi, cher confrère, soyez-en assuré, susurre Argus en le dardant de son regard fixe.

Bang ! Le vampire tombe inerte sur le sol, hypnotisé. Bouche bée, je trouve qu'Argus a eu la riposte plutôt féroce !

Jimmy prend alors la parole :

— Vous n'avez pas pensé au monstre de la forêt ? Il s'est vengé, c'est évident !

Plusieurs vampires approuvent. Le sang

me monte à la tête. Ce Jimmy, je me retiens de l'étrangler !

À peine majeur, arrogant et frondeur, il ne craint pas les chasseurs de vampires et quitte souvent Brumenoire. Avec son allure de voyou — veste, pantalon et bottes de cuir noir —, il détonne parmi les vampires en redingotes et chemises à jabot. De plus, il se prend pour un artiste, avec son satané violon qui casse les oreilles.

Sa supposition est ridicule. Triplax n'est pas coupable. Je me lève et lui crie :

— Tu es idiot ! Comment aurait-il connu la technique de ce chasseur de vampires dévoilée dans *Vampyr Express* ? Il ne sait pas lire ! L'idée de vengeance ne peut lui effleurer l'esprit, il est trop naïf et gentil. Ton contraire, en somme !

Jimmy me lance un regard torve et ajoute, avec un sourire carnassier :

— Et Belladona ? Que fabriquait-elle quand ça s'est produit ?

Avant que je lui rabatte le caquet, la sorcière me serre le bras et murmure de me calmer. Confuse, je me rassois et remarque que certains vampires me regardent d'un drôle d'air. J'ai oublié, je dois contrôler mes émotions... Belladona se lève et affirme avoir passé le temps dans sa voiture, à concocter des mixtures. Plusieurs vampires lui jettent des regards soupçonneux.

— Jimmy, précise Argus, ne sais-tu pas que les vampires ainsi que les sorcières, loups-garous, fantômes et monstres ne se tuent jamais entre eux ? Les créatures de la nuit sont si peu nombreuses en ce monde que nous entretuer serait une aberration !

J'ignorais ce détail. Ma supposition qu'un vampire soit le meurtrier de Fossilius tombe donc à l'eau ? Sauf que plusieurs vampires le détestaient, dont moi !

Les vampires ont horreur de suivre des règles. Quand je songe à son règlement à la noix qui interdit aux vampires mineurs de Brumenoire de quitter les lieux sous prétexte que les chasseurs nous auraient vite repérés ! Or, déroger aux règlements de Fossilius signifie être banni de Brumenoire.

Et puis quoi de plus facile pour un vampire que de copier la technique du chasseur pour semer une fausse piste ? Plus j'y pense, plus j'y crois ! Trouver le coupable s'avérera difficile. Je présume qu'il a des complices, comme dans plusieurs crimes éclaircis par Sherlock Holmes.

— Rouge-Babine ! Ça va ? demande alors Belladona en me serrant l'épaule.

Perdue dans mes pensées, je sursaute. La voiture est vide, juste occupée par la sorcière et Argus qui s'informe :

— Le monstre a-t-il pu te renseigner ?

Je résume les informations fournies par Triplax.

— De mon côté, déclare Belladona, je vais m'assurer que la seule entrée accessible par voie terrestre est encore ensorcelée. Le contraire me surprendrait, car j'ai jeté un double sort garanti pour cinq cents ans !

— Dans ce cas, comment est-il entré ? murmure Argus en se caressant le menton. La seule possibilité est la voie des airs, n'est-ce pas, Belladona ?

— Vous avez raison, maître Argus. À part un vampire, je ne vois pas qui pourrait réussir ce tour de force.

— Purpuratum ! Ça me dépasse ! s'exclame l'hypnotiseur. À moins que…

— À moins que quoi, maître Argus ?

— Ce n'est pas important. Belladona, ajoute-t-il en se tournant vers la sorcière, rendez le brouillard qui flotte sur Brumenoire encore plus opaque. Qu'il couvre aussi la forêt, d'accord ?

Je ne suis pas dupe. Argus me cache une information. Un regard à l'horloge qui trône au milieu de Brumenoire m'indique que le soleil se lèvera sous peu.

Je cours à ma chambre, le sourire aux lèvres. Je tiens ma première enquête !

3

Rouge-Babine enquête

Je me réveille à la tombée de la nuit, prête à explorer Brumenoire à la loupe pour trouver des indices. Pour être en pleine forme, il me faut d'abord ma dose préparée par Belladona. En plus de mes éprouvettes, différentes doses de groupes sanguins sont gardées dans le frigo de la voiture-restaurant pour les conserver plus longtemps grâce à une température constante.

Cette idée d'une banque de sang est venue à Fossilius après les vols commis pour sauver ma peau, il y a cent ans.

Ne plus quitter Brumenoire éliminait les

risques d'une attaque de chasseurs de vampires. De plus, partir chaque soir à la recherche d'un repas devenait pénible pour les vampires âgés de plusieurs centaines d'années.

Un bar est donc né dans la voiture-restaurant: Le Sangria. Les vampires aiment s'y retrouver pour siroter leur verre de sang préféré, en se racontant leurs frasques de jeunesse.

Toutefois, les quantités sont limitées: une seule éprouvette par tête et par nuit. Cinquante vampires à nourrir, ce n'est pas de la tarte! Les plus affamés peuvent se rabattre sur le gibier aux abords de la forêt.

Arrivée devant le frigo, je m'empare d'une de mes éprouvettes et la vide d'un coup. Plus de temps à perdre, mon enquête m'attend!

Accompagnée de Plakett, je m'arrête souvent, la loupe au ras du sol. Je soupire, car les indices sont aussi nombreux que les clowns à Brumenoire. Nous voici rendus à une centaine de mètres des voitures, près d'un marais qui s'est formé au fil des années.

Une nuit, une créature y est apparue, grosse masse informe à tentacules. Je suis la seule vampire à venir lui parler de temps en temps. Je l'ai baptisée Lison.

Je me penche et crie son nom, les mains en porte-voix.

La créature émerge, gargouille un «brlgrbllgrbl», ses tentacules battant l'eau stagnante en signe de bienvenue.

Incrédule, je me frotte les oreilles. J'ai clairement entendu: «Salut, Rouge-Babine!»

Ça alors! Je comprends son langage, à elle aussi!

Revenue de ma surprise, je lui annonce que Fossilius est mort et que je mène une enquête.

— As-tu vu ou entendu une chose particulière?

Lison tressaille et gargouille:

—Cela me fait l'effet d'une bombe,
les tentacules m'en tombent!
J'ai aperçu à travers la boue
une silhouette aux longs cheveux roux,
Fossilius trottant derrière elle
tel un pantin endormi.
Je te le jure, voilà tout
ce que j'ai vu de mon trou.

Pendant que Lison s'immerge, j'écris l'information dans mon calepin rouge. Je retourne ensuite à ma chambre avec Plakett, perdue dans mes pensées.

Pelotonnée sur mon canapé, je relis mes notes. Triplax évoque deux silhouettes de taille semblable portant une cape. Fossilius était presque de la grandeur d'Argus, donc très grand. C'est le cas de plusieurs vampires à Brumenoire, d'ailleurs.

Voyons plus loin: une silhouette aux longs cheveux roux. La seule rousse de Brumenoire est la baronne Velkro, haute comme trois pommes. Je réfléchis et sursaute:

une perruque, à coup sûr !

Fébrile, je continue : Fossilius était tel un pantin endormi. Ça ressemble à de l'hypnotisme, non ? Argus ! Lui seul aurait eu le pouvoir d'hypnotiser Fossilius. Coupable ou pas ? Son respect pour le doyen sème le doute dans mon esprit. Cependant, son attitude d'hier est fort curieuse. Peut-être que mon idée d'un vampire meurtrier n'est pas si bête. À moi de vérifier !

Je trouve Argus à la bibliothèque. Simulant de l'intérêt pour un livre, je lui demande de mon air le plus innocent :

— Maître Argus, je me pose une question. Pendant la réunion, pourquoi avez-vous endormi ce vampire ?

Il me regarde en restant coi. Je m'entête :

— Ensuite, lors de notre conversation avec Belladona, vous avez passé sous silence une information. Pourquoi ?

— Tu joues au détective, maintenant ? réplique-t-il en me fixant de ses grands yeux gris clair.

Décontenancée, je baisse la tête.

— Je suis curieuse, c'est défendu ?

— Ton cran m'impressionne, et ça mérite une réponse ! La dernière fois que je suis sorti, un homme m'a percuté. Une chance que je n'ai pas laissé tomber les litres de sang que je transportais dans une boîte ! Rassure-toi, ce n'était pas une attaque contre moi. L'homme ne m'a pas vu, il était dans la lune. De plus, j'aurais été embêté de l'hypnotiser, car il portait des lunettes fumées.

— Des lunettes fumées ? En pleine nuit ?

— À Lasvegrad, c'est la mode. Satisfaite ?

— Vous ne m'avez pas répondu au sujet du vampire que vous avez hypnotisé.

— Tu as de la suite dans les idées ! s'écrie Argus. Je ne pouvais pas conter cet incident. Un chef ne doit montrer aucune faiblesse ni manque d'attention, sinon les vampires ne me respecteront plus. Maintenant, déguerpis. Je dois travailler, conclut-il en ouvrant son livre intitulé : *Les protections du vampire.*

Je ne sais plus quoi penser. Argus a coopéré et paraît sincère. Ce n'est pas si simple de découvrir le coupable ! Je soupire en regardant mes maigres notes. Comment faire avancer mon enquête avec si peu d'information ? Je me

promets néanmoins de garder un œil sur Argus
qui est peut-être un excellent acteur…

* * *

Je passe la journée à rêver de V géants qui me poursuivent. Je me réveille en criant, entortillée dans ma cape. Quel cauchemar ! Le soleil à peine couché, je cours chercher mon éprouvette avant les autres.

Appuyée contre un sapin, je déguste ma dose de sang quand j'entends les croassements de Corbillard, le corbeau camelot. Il laisse tomber du ciel le *Vampyr Express* que la baronne Velkro s'empresse de ramasser. Vêtue d'une robe à crinoline d'un autre siècle, cette vieille créature chétive au sang bleu est la commère de Brumenoire.

Son cri attire notre attention :

— Un nouveau crrrime a été commis la nuit derrrnièrrre à Lasvegrrrad parrr ce maudit chasseurrr !

— Au moins, il n'est plus dans les parages ! s'écrie un vampire rabougri.

Chacun semble soulagé de cette nouvelle. À Lasvegrad ? Cette ville est située à des centaines de kilomètres de Brumenoire, mais c'est la plus proche! Les vampires aiment s'y retrouver pour jouer dans les casinos.

La nuit dernière, hein? Je n'ai pas porté attention à Argus après notre entretien.

Je vais me renseigner auprès de la commère.

— Baronne Velkro, savez-vous si maître Argus est sorti hier soir?

— Seul ce cherrr Jimmy est sorrrti, déclare-t-elle en levant les yeux du journal. Tu sais, la nuit avant que Fossilius meurrre, ajoute-t-elle le regard brillant, je l'ai entendu interrrdirrre à Jimmy de parrrticiper à un spectacle à Lasvegrrrad parrrce que ce n'était pas prrrudent. Je peux te dirrre que notrrre violoniste était furrrieux!

Argus est donc innocent! Quant à Jimmy, il devient mon suspect numéro un. Le voilà justement qui continue de clamer que Triplax est coupable. Quel abruti! Par contre... c'est une bonne façon de détourner les soupçons, non?

4

Coiffures
à gogo

Assise sur les marches de ma voiture, je rumine, car mon enquête piétine. Voilà déjà deux nuits que j'espionne Jimmy, sans résultat. En ce moment, fier comme un paon, il passe sa main dans ses cheveux noirs gominés, beurk, sous le regard admirateur de ces dames.

Marie-Blodie se ridiculise en tentant d'attirer son attention avec un costume extravagant : jupe à crinoline, blouse à paillettes et chapeau de cow-boy. Cette Française blonde aux yeux bleus a l'apparence d'une fille de quatorze ans.

Nous partageons une voiture, divisée par une cloison. Belladona a suggéré cette idée, car nous sommes les seules adolescentes de Brumenoire. Elle a pensé, avec raison, que nous préférerions avoir nos chambres plutôt que de dormir avec une flopée de vieux vampires.

Marie-Blodie et moi ne sommes pas amies pour autant. D'un snobisme insupportable, Marie-Blodie adore la mode, accumulant depuis un siècle des tonnes de vêtements et d'accessoires noirs de chaque époque. Mes éternels et combien confortables pantalon et col roulé rouges l'agacent au plus haut point.

Superficielle et romantique, Marie-Blodie

ne lit que des revues de mode et des romans à l'eau de rose — quelle horreur! — et se pâme d'amour pour Jimmy. J'en ai ras le bol de ses regards hautains et de ses remarques cinglantes à mon égard.

Toutefois, je la trouve très chanceuse d'avoir son père Viktor près d'elle. Il est incapable de refuser quoi que ce soit à sa fille. Malgré cela, elle n'arrête pas de se plaindre. Quelle casse-pieds, cette Marie-Blodie!

Soudain, des vampires s'agglutinent à l'entrée de Brumenoire. Qu'est-ce qui se passe? Belladona s'approche de moi et murmure:

— Il y a un nouveau venu à Brumenoire.

Je me lève d'un coup. Il y a des lustres que ce n'était pas arrivé! Je me demande de quelle sorte de créature il s'agit.

* * *

Rassemblés en cercle autour du nouveau venu, nous l'examinons avec curiosité. Au premier regard, je constate que ce n'est ni un monstre ni un sorcier atteint d'un sort maudit. Au contraire, c'est un homme à la carrure d'athlète. Vêtu d'une veste, d'un pantalon couvert de brindilles et chaussé de souliers boueux, il a une apparence normale. Argus lui demande de se présenter.

— Je m'appelle Jules Coupedru et je suis un loup-garou.

Un murmure parcourt l'assistance. C'est le premier loup-garou à Brumenoire.

Ça explique sa remarquable pilosité : une longue chevelure noire, de larges favoris, des sourcils épais qui se rejoignent et des mains très poilues. Curieuse, je me demande ce que contiennent son sac et sa valise. Il poursuit :

— Je suis coiffeur. J'ai dû quitter le village où j'exerçais mon métier, car on commençait à jaser. Chaque pleine lune m'oblige à cesser de travailler pendant deux jours, parce que mes poils commencent à pousser avant ma complète transformation. À l'approche de la dernière pleine lune, un client l'a remarqué en fixant mes mains poilues. Soudain, mon sang s'est mis à bouillir.

« Une pulsion incontrôlable a monté en

moi: j'ai senti que j'allais tuer cet homme. Horrifié, j'ai lâché mon rasoir et hurlé au client de partir.

«La route a été longue et pénible pour me rendre jusqu'ici. Cependant, l'effort en valait la peine. Je préfère vivre avec vous, plutôt que de semer la terreur dans le village de Katiminie.

En baissant la tête, il ajoute:

— J'ai une faveur à vous demander. Personne ne m'a encore vu en loup-garou, et je suis très embêté à l'idée de me montrer à vous la nuit prochaine. Pouvez-vous me laisser un peu de temps?

Pauvre homme, il semble fort humilié de sa condition. Argus accepte, aussitôt appuyé par Belladona. Elle le comprend, car elle a vécu une situation semblable.

Argus invite alors Jules à vider le contenu de ses bagages, un règlement pour les nouveaux venus. Sans se faire prier, il sort des vêtements, des sachets de graines, des biscottes, des confitures et différentes bouteilles de boisson énergétique. Quant à sa valise, elle ne contient que des accessoires de coiffure.

Argus opine de la tête. En souriant, Jules range ses affaires, tandis que les vampires se dispersent. Le spectacle est terminé !

Argus l'emmène ensuite visiter Brume-noire. Des femmes s'empressent de lui préparer une voiture, les voitures-lits étant réservées aux vampires. Je crois que ce beau coiffeur est déjà la coqueluche de ces dames ! Il rejoint son véhicule en titubant, épuisé. Je m'approche de Belladona et lui demande son avis sur Jules.

— Qu'est-ce que tu imagines encore, Rouge-Babine ? Je t'assure que seul un vrai loup-garou a pu trouver l'entrée ensorcelée de Brumenoire. Ne sais-tu pas que les sourcils rapprochés sont un signe distinctif de ces créatures ? Quant à ses yeux bleu clair, ils me rappellent la mer… ajoute-t-elle en soupirant.

Je n'en crois pas mes oreilles, Belladona en pince aussi pour Jules !

Elle me quitte en déclarant :

— La présence d'un loup-garou est rassurante. Si le chasseur de vampires rôde, il y a fort à parier que Jules lui réglera vite son compte !

* * *

Après deux journées sans rêves, je me lève en pleine forme. La nuit passée, nous avons respecté la demande de Jules. J'en ai profité pour relire des aventures de Sherlock Holmes à la lueur des bougies d'un majestueux candélabre, pelotonnée sur mon canapé de velours, Plakett endormi sur le tapis persan de ma chambre. Quelle chance d'habiter une voiture royale !

À minuit, j'ai entendu les hurlements de Jules. Il devait être en chasse. À la prochaine pleine lune, je vais le suivre, par curiosité.

Ce soir, je m'installe sous un mélèze pour boire ma dose à petites gorgées, mon calepin sur les genoux. Tiens, voilà Jules qui sort de sa voiture.

La nuit dernière a laissé des traces sur son corps : yeux rougis, joues et mains encore noires de poils, ongles acérés et crocs à rendre certains vampires fous de jalousie ! Curieuse, je m'approche.

— Quand retrouverez-vous une apparence normale ?

— Dès demain. Tu peux me tutoyer, ajoute-t-il en postillonnant. Qu'écris-tu dans ce carnet ?

En plus d'inscrire de l'information pour mon enquête, j'ai décidé de relever avec précision tout ce qui se passe à Brumenoire. Sherlock Holmes affirme qu'un détail, aussi insignifiant soit-il, peut se révéler crucial. Ça me rappelle également qu'un détective doit être d'une grande discrétion. Je réplique donc :

— Je m'amuse à noter les événements intéressants qui arrivent à Brumenoire. C'est mon passe-temps préféré !

Je vois alors la baronne Velkro boitiller vers nous, à l'affût d'un potin, je suppose ! Elle s'adresse au loup-garou :

— Cherrr Jules, j'ai une demande spéciale, glousse-t-elle en s'aérant à l'aide d'un éventail japonais. Aurrriez-vous l'amabilité de me coiffer ?

Le visage de Jules s'éclaire. Il déclare :

— J'en serais ravi ! Laissez-moi m'installer.

La baronne répand aussitôt la nouvelle. Plusieurs curieux se pressent devant la voiture du coiffeur.

Quand Jules sort, il est prêt : cheveux attachés, il porte un tablier orange à pochettes, d'où sortent brosses, peignes et ciseaux. D'un geste large du bras, il invite la commère.

— Chère baronne, si vous voulez pénétrer dans mon salon.

Il referme la porte. Que c'est long ! Je m'apprête à partir quand la porte s'ouvre enfin sur la vieille vampire. Je reste bouche bée. Jules a monté sa longue chevelure rousse en torsade, dans laquelle brillent des fourchettes argentées. Les commentaires fusent :

— Quelle originalité ! C'est un grand artiste !

Je suis alors bousculée par une vampire qui se précipite à son tour dans la voiture de Jules. Sa sortie est remarquée : ses cheveux sont devenus violets et des boules en plastique jaunes sont coincées dans son toupet. Les deux femmes se pavanent devant ces messieurs ébahis.

Il n'en faut pas plus pour convaincre les autres dames. Les nouvelles coiffures défilent à un rythme trépidant, plus originales les unes que les autres. Une forte odeur plane sur Brumenoire, provenant de la tonne de laque que Jules a utilisée. Pendant que je prends des notes, le tour de Marie-Blodie approche. Elle n'arrête pas de répéter :

— C'est un vrai maître !

Soudain, elle me lance d'un ton goguenard :

— Hé ! Rouge-Babine, une nouvelle coupe ne serait pas du luxe !

Furieuse, je lui tire la langue. Quel culot ! Pas question que je lui avoue que mes cheveux me rappellent ma mère et que j'y tiens comme à la prunelle de mes yeux. Elle va me rire au nez. Je rétorque :

— Quand les poules auront des canines !

— Froussarde ! riposte Marie-Blodie en me tirant la langue à son tour. Me voilà ! crie-t-elle ensuite au coiffeur qui l'invite d'un sourire.

Marie-Blodie est le clou de la soirée : ses longs cheveux blonds forment une pointe vers le ciel, ornée d'une étoile dorée. Je ne peux m'empêcher de me moquer d'elle :

— Joyeux Noël, mon sapin !

— Peuh ! Tes sarcasmes ne m'atteignent pas. Jules m'a affirmé que cette coiffure ne

convient qu'aux femmes au port altier de princesse. Ça t'en bouche un coin, hein? ajoute-t-elle en se dirigeant vers Jimmy qui la fixe, bouche grande ouverte.

Jules se tourne vers Belladona. Elle rougit quand il lui propose de changer sa coiffure.

— M'avez-vous regardée? s'écrie-t-elle. Ce n'est pas une pièce montée ou une permanente qui m'embellira!

— Je vous trouve spéciale, insiste Jules. Votre regard a une densité peu commune, et une teinture l'accentuerait davantage. Pensez-y, ajoute-t-il en entrant dans sa voiture.

Belladona rougit de plus belle. Elle me serre la main et soupire:

— Il voit de la beauté en moi. Il est exceptionnel, non?

En fin de compte, il tombe à pic, ce coiffeur. Son arrivée allège l'atmosphère des derniers jours. Je sursaute en regardant l'heure: je n'ai pas vu la nuit passer! Je retourne vite dans ma chambre, Plakett sur les talons.

5

Belladona s'en mêle

Ce soir, les hommes sont invités à changer de coiffure. À la queue leu leu, le nombre de volontaires me surprend. Je croyais les vampires plus conservateurs. Argus attend son tour, lui aussi! La mort de Fossilius serait-elle déjà oubliée? Quant à Belladona, elle brille par son absence.

Je vais chercher mon éprouvette de sang que je sirote, assise sur les marches de ma voiture. Je soupire en pensant à mon enquête qui n'avance pas. À défaut d'indices à me mettre sous la canine, je sors mon calepin et prends des notes sur les coiffures qui me frappent le plus.

Cheveux verts en pics ornés de dés métalliques pour Jimmy. Beaucoup de laque pour la chevelure d'Argus rejetée derrière les oreilles. Allure de garçon et toupet carré raidi pour le père de Marie-Blodie. Lanières de cuir enroulées autour de mèches colorées pour le bottier Escarpino. Le dernier et non le moindre a l'air d'un caniche avec ses cheveux blancs frisés taillés en boule!

Je ferme mon calepin et regarde autour de moi. Je me croirais au cirque, avec toutes ces coiffures extravagantes et colorées.

La baronne Velkro s'approche

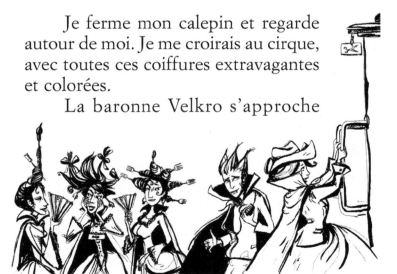

alors de moi et m'apprend qu'une fête se prépare pour remercier Jules. En attendant, je décide de retrouver mon ami Triplax. Qui sait, il a peut-être de nouveaux indices pour mon enquête?

À l'orée de la forêt, Plakett part à la recherche de son repas pendant que Triplax se précipite vers moi. Aussitôt, les trois têtes me racontent en s'entrecoupant qu'hier soir elles ont aperçu une grande silhouette poilue qui poussait des hurlements et qui courait aux abords de la forêt. Je rassure Triplax en lui expliquant que ça ne se produira qu'une fois par mois.

Tandis que Plakett trotte devant moi, content et repu, je reviens tête basse à Brumenoire. Je pense à abandonner mon enquête qui stagne. Sherlock Holmes aurait trouvé le coupable depuis belle lurette, lui!

Je vois alors Belladona qui m'appelle d'un signe furtif de la main. Quand j'arrive à ses côtés, elle murmure:

— Tu sembles malheureuse, je me trompe? Rejoins-moi à ma voiture dans cinq minutes. Sois discrète!

Chère Belladona. Quel privilège de l'avoir pour amie !

J'attends un peu et me faufile à pas de loup derrière sa voiture, dans laquelle j'entre dès que la porte s'ouvre. Cette fois-ci, une mixture rougeâtre bouillonne dans son chaudron, dégageant une odeur poivrée qui n'est pas désagréable. Belladona m'invite à m'asseoir.

— Alors, Rouge-Babine, à ce que je vois, ton enquête n'avance pas à ton goût ?

— Je m'y casse les canines ! C'est décourageant !

— Si tu me racontais ce que tu sais, je pourrais peut-être t'aider ? Un autre point de vue peut parfois éclairer les choses.

C'est vrai que Sherlock Holmes a un assistant, le docteur Watson, qui l'épaule dans ses recherches. Plakett m'accompagne, mais ce n'est pas lui qui raisonne le plus !

Je décide de me confier à la sorcière, lui avouant jusqu'à mes soupçons sur Jimmy. Elle m'écoute, attentive. Quand je termine, elle reste silencieuse un moment et lance :

— Jimmy est un vampire égocentrique et cruel, je te l'accorde. Je sais que tu ne le portes pas dans ton cœur. De là à penser qu'il a pu éliminer Fossilius, un vampire des plus intelligents ! N'oublie pas que Jimmy n'a pas inventé la poudre. Non, je ne crois pas à sa culpabilité.

Belladona a peut-être raison. Je me laisse influencer par mes sentiments, ce que Sherlock Holmes s'interdit lors d'une enquête. Cependant, je n'abandonne pas cette piste, puisque c'est la seule que je possède.

Je dresse l'oreille, intéressée par les propos de la sorcière :

— Le seul détail qui pourrait être un bon indice, c'est l'étrange bousculade dont Argus a été victime. Comment peut-on foncer dans une silhouette aussi imposante que celle d'Argus en prétextant ne pas l'avoir vue ? Je me demande… murmure-t-elle en grattant l'énorme verrue sur son menton pointu.

Je trépigne dans mon fauteuil. À quoi pense-t-elle ? Soudain, elle déclare :

— Depuis plusieurs jours, je me creuse les méninges pour trouver comment on a pu entrer à Brumenoire. Je suis sûre de l'efficacité du sort que j'ai jeté sur l'entrée. Cette bousculade est peut-être la réponse à ma question.

— Où voulez-vous en venir?

— Mon hypothèse peut paraître farfelue. Je crois que c'est le chasseur de vampires lui-même qui a bousculé Argus et en a profité pour lui coller un émetteur à l'intérieur de sa cape. Ne me regarde pas avec ces yeux de chouette! Je pense aussi qu'il avait repéré Argus auparavant, à rôder près des banques de sang. Comme il savait que les vampires se déplacent très vite, il s'est dit qu'un émetteur s'avérerait idéal pour le retracer sans problème.

«Par je ne sais quel raccourci, il est arrivé à rejoindre Argus à Brumenoire. Il a donc vu apparaître l'entrée ensorcelée. J'ignore de quelle autre façon il aurait pu entrer.»

— Ça signifie que le chasseur est libre d'entrer à Brumenoire? C'est rassurant! D'où vient cette idée saugrenue d'émetteur?

— Du film *Les spectres de la mort* que j'ai vu le mois dernier. Le héros utilisait ce moyen pour suivre un suspect.

Devant mon air incrédule, Belladona ajoute:

— Ce chasseur de vampires a plus d'un

tour dans son sac, j'en suis certaine ! Tuer quarante vampires en dix ans est un exploit qui n'est pas à la portée du premier venu. Tu devrais vérifier la cape d'Argus.

J'accepte, car c'est la seule piste à l'horizon.

Avant de quitter la voiture de Belladona, mon regard croise un miroir ovale que je n'avais pas aperçu lors de ma dernière visite. Figée, j'y distingue pour la première fois les contours de ma silhouette quasi transparente ! En me voyant clouée sur place, Belladona jette un œil curieux à la glace. Sa bouche s'arrondit en un O parfait.

— Un autre des pouvoirs du sang-dragon. Tu es bien la première vampire à voir son reflet… murmure-t-elle en fixant ma silhouette diffuse. C'est incroyable !

Incapable de quitter le miroir des yeux, des frissons me parcourent l'échine. Belladona me rappelle qu'une mission m'attend. Sans prononcer un mot, je sors de chez elle, le cœur battant la chamade.

Des éclats de voix provenant de la voiture-restaurant me ramènent sur terre. Je regarde à

l'intérieur. Le Sangria est bondé : aucun vampire ne manque à l'appel, et tous entourent Jules qui croule sous les compliments.

Je grimace en entendant Jimmy qui s'en donne à cœur joie avec son satané violon. En un siècle, c'est le premier spécial « éprouvettes à volonté ». L'atmosphère est presque détendue, une première ici-bas !

Je referme la porte et me faufile dans la voiture-lit où dort Argus. Une dizaine de capes traînent sur des couchettes aux draps noirs. Laquelle appartient à Argus ?

Je reconnais alors, déposé sur une cape, le livre sur les vampires qu'il lisait il y a peu de temps. Je m'empare du vêtement et le tâte. Soudain, mes doigts détectent un léger renflement. Sur le revers, un émetteur pas plus gros qu'un confetti y est collé.

Belladona a tapé dans le mille ! Je le décolle en grattant avec mes ongles, remets la cape en place et sors de la voiture-lit.

Belladona m'attend plus loin, appuyée contre une voiture. Discrète, je lui montre l'émetteur en murmurant :

— Mission accomplie, chère sorcière !

Belladona s'en empare et le désactive aussitôt. Elle me le tend et chuchote :

— Un indice de plus pour ton enquête. Il faudra être vigilantes, qui sait quand le chasseur frappera à nouveau ?

Exact, sauf que si le coupable n'est pas un vampire, autant chercher une canine dans une tempête de neige !

Tandis que Belladona retourne à sa voiture, j'entends l'insupportable violon de Jimmy, qui me dissuade de rejoindre le groupe. Pour le moment, la communauté est réunie, donc en sécurité. Jusqu'à quand ? Plakett me tourne autour, les yeux rouges et la queue battante :

— J'ai une fringale. Tu viens avec moi ?

Ce chien ne pense qu'à se nourrir, ma parole ! Je décide de l'accompagner. Une promenade m'éclaircira peut-être les idées ? Nous marchons jusqu'à la forêt quand j'aperçois une silhouette allongée et immobile. Prudente, je m'approche à pas de loup, Plakett à mes côtés. Qui est-ce ?

6

Des indices surprenants

Face contre terre, un corps inanimé repose devant moi. Je le retourne. Argus ! Que lui est-il arrivé ? Sans hésiter, je lui attrape le bras et le secoue.

— Maître Argus ! Réveillez-vous !

Il ouvre les paupières.

— Qu'est-ce que je fabrique ici ? Qu'est-ce qui s'est passé ? demande-t-il en se relevant avec difficulté.

— Maître Argus, essayez de vous rappeler. Vous avez quitté le groupe et vous avez décidé de marcher. Pourquoi jusqu'ici ?

Argus se frotte le front et s'exclame :

— Je me souviens. Je suis sorti respirer un peu d'air frais, car la voiture-restaurant empeste la laque que Jules utilise.

En gémissant, Plakett renchérit, le museau levé :

— Il y a une drôle d'odeur impossible à déterminer. Trop de vent !

Je note la remarque de mon chien dans mon calepin, tandis qu'Argus poursuit :

— J'ai vu une silhouette avec des lunettes fumées, puis j'ai ressenti un énorme malaise. Avant de m'effondrer, j'ai réussi à lui arracher ses lunettes pour l'hypnotiser. Ça m'a sauvé, car mon assaillant a aussitôt pris la fuite. J'ai tout un mal de tête ! ajoute-t-il en se massant les tempes.

Bizarre, car les vampires ressentent à peine la douleur. À moins d'avoir été en contact avec du concentré d'ail.

Je demande à Argus de me décrire son agresseur.

— Aveuglé par je ne sais quoi, je n'ai distingué que des yeux noirs et brillants, emplis de haine.

— Sa grandeur, ses vêtements?

— Comparable à la mienne, et il portait une cape.

Nous nous regardons et avons une pensée semblable: cape égale vampire! Argus déteste cette idée. En relisant mes notes, je constate que son agresseur semble être celui qui a attaqué Fossilius. Le chasseur serait-il déjà de retour? Je confie mes informations à Argus qui s'écrie:

— Purpuratum! Pas un mot aux vampires. Je compte sur toi! Je rentre, cette agression m'a fatigué. Tu viens?

— Non, je désire parler à Triplax. Je serai prudente, et Plakett est là pour me protéger.

Encore étourdi, Argus s'éloigne en titubant. Je sors aussitôt ma loupe et, courbée en deux, examine le sol et les environs. Tiens! Une éprouvette cassée. Qu'est-ce que ça signifie? Le sol est imprégné de gouttelettes de sang que Plakett s'empresse de lécher.

— Du sang humain, j'en mettrais ma queue à couper!

J'inscris aussitôt cette information. Je continue à scruter le coin à la loupe, quand je découvre des lunettes fumées que je reconnais : elles appartiennent à Jimmy ! Il est le seul vampire à en porter, question d'apparence. Il pourrait être complice du chasseur… Facile pour Jimmy de lui fournir une éprouvette, des lunettes et une cape.

Enfilant des gants super fins en latex, je ramasse ces indices que je dépose dans un sac

en plastique. Sherlock Holmes serait fier de moi !

J'ordonne à Plakett d'aller se renseigner auprès de Triplax. D'ailleurs, c'est étrange qu'il ne se soit pas encore pointé. Inquiète, je me rends au marais. Terrée au fond de son trou boueux, la pauvre Lison ne peut me renseigner, souffrant d'un rhume carabiné. J'aperçois Plakett qui revient déjà à vive allure, haletant :

— Triplax explore une grotte enfouie profondément dans la forêt. Il n'a rien vu ni entendu.

Rassurés sur son sort, nous retournons à Brumenoire.

* * *

À notre arrivée, la fête est terminée. Dernière à clopiner vers sa voiture-lit, la baronne Velkro est la personne idéale pour m'informer si un certain vampire a quitté Le Sangria pendant la fête.

Je cours la rejoindre et lui pose la question. Elle ne paraît pas surprise. Au contraire, elle se met aussitôt à pépier, les yeux brillants.

— Jimmy a rrraccompagné Jules à sa voiturrre en milieu de soirrrée. Le pauvrrre, il était épuisé. Aprrrès, je n'ai pas rrrevu Jimmy. Quelle nuit !

Je la remercie et n'hésite qu'une seconde. À nous deux, Jimmy !

Je le trouve à l'atelier, à gratter son violon. Il est d'ailleurs le seul vampire encore debout. Surprise, je remarque que ses cheveux sont maintenant rouges et rabattus derrière les oreilles.

— Qu'est-ce que tu fiches ici ? demande-t-il, hargneux.

Charmant accueil ! Je l'adoucis avec un compliment.

— C'est spécial, ta nouvelle coiffure. Une autre création de Jules ?

— Oui, il l'a réalisée en moins de deux tantôt dans sa voiture, malgré sa fatigue. Il est génial, ce type !

Son humeur semble moins houleuse, j'en profite pour lui montrer ses lunettes.

— Je les ai découvertes en me promenant…

— Tu parles ! Je parie que c'est toi qui me les as volées et abîmées. Pourquoi me les apporter, vu leur sale état ? ajoute-t-il en rangeant son violon dans son étui. Tu m'as déconcentré. Je vais me coucher, la nuit achève.

Il quitte la voiture en claquant la porte. Dépitée, je sors à mon tour de l'atelier en grommelant. Je ne suis pas plus avancée, car Jimmy n'a pas paru mal à l'aise. Je retourne à ma chambre et m'empresse de noter notre conversation.

Couchée sur mon canapé, je réfléchis à cette nuit mouvementée. Demain soir, je vais demander au docteur Plasmak d'analyser le sang de l'éprouvette.

Je m'étire en poussant Plakett qui ronfle à mes pieds. Je somnole, quand un cri si horrible parvient à mes oreilles que mes cheveux se dressent sur la tête !

Le hurlement provient de l'arrière de la voiture. Plakett est déjà devant la porte, impatient. J'ouvre et me précipite derrière lui.

7

Rouge-Babine voit rouge

Je suis la deuxième à arriver sur les lieux. Les vampires restent cloîtrés quand l'aube est si proche. Surprise, je trouve la baronne Velkro appuyée contre la voiture. Le visage défait, elle presse sa main contre sa poitrine en râlant. L'air est imprégné d'une puissante odeur d'ail. Pouah !

— Rrregarrrde ! souffle-t-elle d'une voix rauque en montrant de son index noueux un tas de cendres à deux mètres de la voiture.

Horrifiée, je remarque le V qui y est tracé. Un autre vampire vient de s'éteindre ! Qui est-ce, cette fois ? J'ordonne à la baronne qui tremble de la tête aux pieds de prévenir Argus.

— Dépêchez-vous, le soleil se lève bientôt !

À peine étourdie, je sors ma loupe et examine en vain les environs. Ce chasseur a une baguette magique tueuse de vampires ou quoi ? Avec quelle rage et quelle rapidité il a exécuté son crime ! Et ce, à deux pas des voitures. Quel toupet !

Les pattes vacillantes, Plakett gémit, entre deux éternuements :

— Bizarre que tu supportes cette odeur d'ail !

Mon chien a raison, c'est curieux. J'oublie vite ce détail en voyant arriver Argus. Cerné et pâle, il murmure :

— Purpuratum ! Un autre de moins... Je vérifie dans chaque voiture-lit pour savoir qui manque à l'appel. Ne bouge pas, je reviens aussitôt que possible.

Pendant que je prends des notes, un terrible boucan venant de ma voiture me fait sursauter. Intriguée, je vois alors Argus revenir en compagnie de Belladona. Elle recule en apercevant le tas de cendres.

À voir la tête d'Argus, j'ai peur d'apprendre le nom de la victime.

— Il s'agit de Viktor, murmure Argus en fixant le tas de cendres.

Assommée par cette triste révélation, je garde le silence. Le père de Marie-Blodie. C'est épouvantable ! L'hypnotiseur ajoute :

— Sa fille m'a jeté des revues à la figure en apprenant la nouvelle. Une vraie furie !

Je n'ai en aucun temps été proche de Marie-Blodie, mais je la plains. La perte d'un parent est trop horrible. Je serre les canines et demande à Argus s'il y a d'autres absents.

— Non, chaque vampire cuve son sang. La baronne Velkro m'a expliqué qu'elle prenait l'air pour dissiper des malaises gastriques. Elle a juste entendu un léger pschitt et un crépitement avant de trouver plus loin le tas de cendres.

Détails que je note aussitôt dans mon calepin. L'agilité et la vitesse de ce satané chasseur innocentent la vieille baronne décharnée. Quant à Jimmy, son rôle consistait peut-être à entraîner Viktor derrière cette voiture à une heure précise ? Il était le seul à traîner encore, non ? Pourquoi le père de Marie-Blodie y aurait-il rôdé à cette heure tardive, lui qui était si prudent ?

Je demande à Argus s'il a prévenu Jules.

— J'ai entendu de puissants ronflements dans sa voiture et j'ai préféré le laisser dormir. Il apprendra la nouvelle la nuit prochaine. Purpuratum ! Le soleil se lève ! ajoute-t-il en se dirigeant à toute allure vers sa voiture-lit.

Belladona me prend le bras et murmure :

— C'est étrange, tu ne sembles pas souffrir des premières lueurs de l'aube.

En effet, je ne sens pas l'urgence de me cacher de la lumière du jour. Qu'est-ce qui m'arrive ? Belladona me regarde d'un air pensif.

— Les pouvoirs du sang-dragon m'intriguent. Ne reste pas plus longtemps à l'extérieur, d'accord ?

— Je crois que je vais rejoindre Marie-Blodie, c'est affreux de vivre ce dur moment dans la solitude.

— Chère Rouge-Babine au grand cœur ! s'écrie la sorcière. Va vite !

La chambre de Marie-Blodie baigne dans la noirceur. Je m'empresse d'allumer une bougie. Une tornade n'aurait pas causé plus de dégâts : des centaines de revues et de vêtements sont éparpillés partout. Où est Marie-Blodie ?

J'entends alors des reniflements provenant d'une montagne de vêtements. J'y découvre Marie-Blodie qui sanglote, roulée en boule. Sa coiffure s'est aplatie et l'étoile pendouille sur sa joue. Pauvre Marie-Blodie. C'est plus fort que moi, je m'approche et la serre dans mes bras en lui répétant que je suis désolée.

J'appréciais Viktor, car il était gentil pour sa fille. Pourquoi lui ?

Soudain, Marie-Blodie me repousse.

— C'est ma faute si mon père est mort.

Je sursaute. Ce n'est pourtant pas elle qui... Je lui demande, la voix peu assurée :

— Que veux-tu insinuer ?

Elle se lève d'un bond, s'empare de revues et les lance avec colère autour d'elle. Je me réfugie derrière le canapé. En hurlant, elle répète :

— C'est ma faute ! Si je n'avais pas exigé ces magazines et ces vêtements, mon père n'aurait pas quitté Brumenoire si souvent. Cet horrible chasseur ne l'aurait donc pas remarqué !

Que s'imagine-t-elle encore ? Je lui rappelle que Fossilius n'a jamais quitté Brumenoire et qu'il a néanmoins été tué. Marie-Blodie se calme et s'assoit.

— Tu as raison, je suis désolée de mon emportement. Je suis bouleversée. Tu es gentille de prendre soin de moi… ajoute-t-elle en baissant la tête.

Je ne sais quoi répondre. Où est la fille orgueilleuse et égoïste que je côtoie depuis un siècle ? Le cœur serré, je lui presse la main sans prononcer un mot. Je dois capturer ce meurtrier. Nos pensées se croisent, car Marie-Blodie lève la tête et déclare :

— Rouge-Babine, capture cet assassin. Je n'aurai pas l'esprit en paix tant qu'il courra.

Je sursaute, surprise. Comment sait-elle que je mène une enquête ?

— Je t'ai souvent vue le nez plongé dans les aventures de Sherlock Holmes et te promener avec ta loupe et ton calepin. J'ai essayé de lire ces livres, mais ils sont trop compliqués ! J'avoue que je t'admire depuis belle lurette. Tu es si intelligente et différente, souffle-t-elle en essuyant ses yeux pleins de larmes.

J'opine de la tête, émue par le lien qui se tisse entre nous.

— Je te donne ma parole que je vais découvrir ce maudit chasseur !

Avec un sourire triste, elle se réfugie sur son canapé en fermant les yeux.

En voyant le jour se lever, je cours à ma chambre qui est à deux pas. Je me love sur mon canapé, les yeux grands ouverts. Remuée par les derniers rebondissements, je n'arrive pas à dormir.

Je saisis alors mon calepin et relis mes notes en entier, résolue à trouver la clé de l'énigme. Sherlock Holmes écoute de la musique pour mieux réfléchir. Moi, je préfère me brosser les cheveux.

Les yeux fermés, je me coiffe en revoyant le fil des événements depuis la mort de Fossilius. Mon cerveau roule à cent à l'heure. Soudain, je m'arrête sur un détail. Je me fige, la brosse dans les airs. Et si ?...

Énervée, je continue mon brossage, de plus en plus vite. Une célèbre maxime de Sherlock Holmes me vient en tête: «Une fois que vous avez écarté toutes les hypothèses, celle qui reste, même improbable, est forcément la bonne…» Plus j'y pense, plus c'est plausible. Je dois vérifier. De quelle façon pourrais-je m'y prendre?

Tout à coup, j'entends une porte claquer. À huit heures du matin? J'entrouvre la mienne et jette un regard circulaire sur Brumenoire. Je n'en crois pas mes yeux: Jules, mon suspect, se dirige vers la forêt! Oui, Jules!

Le détail qui m'a frappée, c'est ce pschitt entendu par Triplax et la baronne Velkro lors des deux meurtres: le bruit produit par un aérosol!

C'est le moment idéal pour fouiller sa voiture. Le problème, c'est que le jour est levé. Cependant, je supporte un peu la lumière, non? Je prends le taureau par les cornes: enveloppée dans ma cape, coiffée d'un chapeau, mains gantées et… tiens, protégée par les lunettes de ce cher Jimmy, me voilà prête.

Pendant que Plakett ronfle, je me glisse à

l'extérieur et retiens mon souffle. Vais-je me désintégrer sur place? La couche de brouillard atténue les rayons du soleil, et je ressens à peine ses morsures. Je cours à la voiture de mon suspect. Si Belladona me voyait!

Le cœur battant, j'entre et m'approche aussitôt de la table où sont rangés les accessoires de coiffure de Jules. Sans perdre une seconde, je m'empare d'une bombe de laque et envoie un jet de fixatif dans l'air. L'odeur qui se dégage est si forte que mon nez picote.

Ma deuxième tentative porte ses fruits: c'est de l'ail, pouah! Jules s'en sert donc pour mettre les vampires K.-O. Toutefois, comment les tue-t-il?

Sur un meuble traînent sa valise vide, ses boissons énergétiques et sa bouffe. Où trouver d'autres preuves?

Je m'approche du lit: c'est souvent sous le matelas qu'on déniche des indices. Bingo! Une cape roulée y est cachée, mais pas de perruque rousse. Et si Jules était roux? Avant de débarquer à Brumenoire, il a pu se donner une teinture pour camoufler sa chevelure trop voyante. Un jeu d'enfant pour un coiffeur!

Je m'apprête à partir, quand mon regard est soudain attiré par sa valise. Elle est d'une singulière profondeur pour ce que Jules y range. Ma main y farfouille, quand mes doigts tombent sur un double fond vite soulevé. Ça alors ! Soufflée par ma découverte, je replace mon désordre et jette un dernier coup d'œil : ni vu ni connu. J'ouvre la porte, quand un sifflotement parvient à mes oreilles : Jules !

Aussi vive et silencieuse qu'une souris, je me faufile sous la voiture. À peine cachée, j'entends Jules claquer la porte. Sans demander mon reste, je prends mes jambes à mon cou jusqu'à ma chambre. Plakett ouvre un œil et grogne :

— Que mijotais-tu dehors à une heure pareille ?

— Si tu savais, mon cher Plakett !

Je me colle sur mon chien, tremblante d'excitation. Oui, elle est captivante, la vie de détective ! J'y pense : accuser Jules sans savoir comment il tue les vampires est une folie. Je dois résoudre cette énigme. Quant à ma découverte, elle m'empêche de trouver le sommeil...

8

Des bottes qui en disent long

Enfin le crépuscule ! Je ne ressens aucun malaise de ma sortie en plein jour, juste de la fatigue due au manque de sommeil. Une bonne éprouvette de sang devrait régler ce problème.

Brumenoire est encore désert. J'ai une pensée pour Marie-Blodie en me rendant à la voiture-restaurant.

Ça alors ! Les vampires ont fêté fort, le frigo est à moitié vide. J'ouvre le tiroir du bas, réservé à mes éprouvettes. Complètement vide !

Un vertige m'oblige à m'appuyer contre le frigo. Affolée, je me précipite chez Belladona.

— Tu es plus blanche que tes canines! Que t'arrive-t-il? s'écrie-t-elle, inquiète.

Entre deux hoquets, je lui explique. Elle se dirige aussitôt vers son labo et retire d'une glacière une éprouvette qu'elle me tend.

J'avale le contenu d'un coup. Je me sens déjà mieux.

— J'en garde une en permanence, en cas d'urgence. Nous devons retrouver les autres. Argus m'a appris qu'il y a une pénurie de sang AB- en ce moment.

Moi qui ne dois pas passer une journée sans ma dose de sang-dragon, sous peine de perdre mes pouvoirs! Je pense alors à Plakett, couché devant la voiture. Il flaire l'éprouvette que je lui tends et branle la queue.

— Je connais cette odeur. Aie confiance, je vais retrouver les autres! m'assure-t-il en s'éloignant.

Il trotte, s'arrêtant ici et là pour renifler. Il disparaît derrière la voiture aménagée en atelier. Ses aboiements me réjouissent: Plakett a trouvé mes éprouvettes!

Belladona et moi courons vers la voiture, quand Plakett surgit de sous le véhicule, un sac dans la gueule. Mes éprouvettes y sont, intactes. À la fois soulagée et en colère, je me demande qui m'a joué ce sale tour.

Je me dirige vers la voiture-restaurant pour y ranger mes éprouvettes, quand Belladona propose de les garder chez elle, par prudence. Suggestion aussitôt adoptée. Avant que je la quitte, elle me confie que son gros orteil l'a démangée pendant la journée, signe de catastrophe imminente.

— Prends cette fiole de véricolente, une mixture de mon cru qui pourrait t'être utile en cas d'attaque, explique-t-elle.

Je glisse la fiole au fond de ma poche et remercie la sorcière. Ce contretemps m'a distraite. Sans perdre une minute, je cours récupérer le sac en plastique qui contient l'éprouvette dénichée dans la forêt. Son analyse m'aidera peut-être?

* * *

Je rejoins à la clinique le docteur Plasmak, plongé dans un bouquin.

— Docteur, pouvez-vous analyser le sang de cette éprouvette ? Je vous expliquerai pourquoi plus tard, c'est promis !

Il accepte et me demande de revenir dans quinze minutes. En sortant, je croise Marie-Blodie qui se dirige vers l'atelier en boitant.

— Un clou a transpercé la semelle de ma botte ! grogne-t-elle. Cet Escarpino va m'entendre !

Je suis d'abord surprise qu'elle semble remise de la mort de son père, mais ses yeux gonflés et rougis par les larmes m'assurent du contraire. Je propose de l'accompagner.

— Oh oui, merci ! Je… je tourne en rond dans ma chambre, bafouille-t-elle. Je ne supporte pas d'être seule. C'est bête, hein ?

Pauvre Marie-Blodie.

Escarpino nous accueille avec un discours de circonstance. Pendant que Marie-Blodie lui montre sa botte, mon regard est attiré par deux paires de chaussures neuves à la poubelle. Curieuse, je questionne le bottier qui répond :

— Ce sont les dernières commandes de

Fossilius et de Viktor.

— Quel dommage de jeter de si jolies bottes! s'écrie Marie-Blodie en s'emparant des chaussures de son père.

J'approuve, et Escarpino réplique:

— Par respect pour les défunts, je préfère les mettre au rebut plutôt que de les refiler à d'autres clients.

Je ne peux m'empêcher de louer son geste.

— C'est généreux de votre part, Escarpino. C'est la première fois que je remarque que Viktor avait de si grands pieds!

— Fossilius avait une pointure identique,

remarque Marie-Blodie. Vous avez vu ces péniches?

Escarpino sourit:

— C'est exact. Les vampires aux grands pieds sont peu nombreux à Brumenoire. En plus de nos regrettés confrères, il y a maître Argus et moi.

Je sursaute. Argus aussi a été attaqué! Se pourrait-il que?... Songeuse, je fixe les pieds d'Escarpino lorsqu'une idée me vient:

— Quand Corbillard passe-t-il déposer le *Vampyr Express*?

— Aujourd'hui et demain. D'ailleurs, il ne devrait plus tarder.

— Merci, Escarpino. À plus tard!

— À plus tard? Tes bottes te blessent aussi? demande-t-il, intrigué.

Pas le temps de lui répondre! En attendant l'arrivée de Corbillard, j'écris un message avec la mention «urgent». Le corbeau camelot traverse à ce moment la nappe de brouillard et se pose.

— Salut, Corbillard. J'ai un message à transmettre au rédacteur en chef du *Vampyr Express*. Peux-tu me rendre ce service?

— Avec plaisir ! Pourquoi est-ce que je comprends ton langage ? C'est réciproque ? croasse-t-il.

— Oui, mais c'est un secret ! J'ai besoin d'une réponse rapide, c'est possible ?

— Je suis le plus rapide des corbeaux camelots, affirme-t-il en me picorant l'épaule.

Je lui glisse le message dans le bec et il s'envole aussitôt. Je cours rejoindre le docteur Plasmak, qui marche de long en large. En me voyant, il s'écrie :

— Où as-tu trouvé cette éprouvette ?

Je lui donne l'information, sans lui fournir davantage de détails.

— Bon sang ! s'exclame-t-il. Mon analyse démontre qu'elle contient du sang de catégorie O, mêlé à une grande quantité d'eau bénite. Tu sais que cette eau nous brûle si nous en sommes éclaboussés. Imagine si on l'ingurgite ! C'est une façon pour le moins originale et combien radicale de désintégrer un vampire ! conclut-il en frissonnant.

Je comprends enfin comment Jules opère. Reste à mettre la main sur cette fameuse eau bénite.

Le schououououfff entendu par Triplax et les étincelles qu'il a vues tombent sous le sens. Quant au crépitement dont a parlé la baronne Velkro, il vient confirmer l'horrible technique de Jules.

Le docteur me promet de garder cette information secrète quand je lui assure que ce cauchemar se terminera bientôt. Enfin, je l'espère !

Assise contre un sapin, je note les derniers rebondissements et sors un peigne de ma poche. Concentrée, je prends le temps de me coiffer, quand la lumière jaillit dans mon esprit : je sais où se trouve l'eau bénite. Il est malin comme un singe, ce Jules !

Je reconnais alors le battement d'ailes de Corbillard. Quelle rapidité ! Il se pose près de moi, un rouleau de papier dans le bec, que je m'empresse de dérouler :

Confirmé. Les victimes du chasseur qui signe ses crimes d'un V avaient toutes de très grands pieds.

Jacques de la Sanguine, rédacteur en chef.

Mon intuition ne m'a pas trompée ! Puisque je connais sa prochaine victime, il ne me reste qu'à lui tendre un piège, à ce damné Jules.

Je remercie Corbillard en lui flattant la tête. Je lui dois une fière chandelle !

Tandis que je regarde le corbeau s'envoler, un plan se dessine dans ma tête. Sans tarder, je retourne à l'atelier.

Escarpino me rassure au sujet de Marie-Blodie. Elle est en compagnie de Belladona qui désire recevoir des conseils vestimentaires. Chère sorcière, je vois clair dans son jeu. Quelle bonne idée pour changer les idées à Marie-Blodie !

Je sors la lettre et la tends à Escarpino. Il pâlit.

— Tu crois que je suis le prochain vampire sur sa liste ?

— J'en suis certaine, car le chasseur sait qu'Argus est sur ses gardes ! Son meurtre audacieux d'hier montre son impatience. J'ai l'intuition qu'il récidivera dès cette nuit.

— Quoi ? s'exclame Escarpino en s'écrasant dans un fauteuil. Je ne veux pas mourir !

— Calmez-vous ! Il n'est pas question que vous et Argus soyez tués. J'ai un plan qui nécessite votre entière collaboration. Écoutez-moi, Escarpino.

— Attends un peu ! Je veux savoir à qui j'ai affaire. Qui est ce chasseur ?

Je n'hésite qu'un instant. Escarpino a le droit de savoir, puisqu'il sert d'appât ! En entendant le nom de Jules, il tombe des nues. Dès qu'il est remis de ses émotions, je lui enjoins de m'écouter, car le temps presse. Plus j'avance dans l'explication de mon piège, plus Escarpino hoche la tête.

— Tu es folle ! Il va me tuer, c'est sûr !

— C'est la seule façon de le coincer. Soyez assuré que je ne serai pas loin et entourée. Combien de vampires seront épargnés, si vous consentez à m'aider ?

— D'ac... d'accord, j'accepte.

Je lui serre la main.

— Rendez-vous à deux heures précises. Et merci encore, Escarpino !

Je l'entends alors murmurer :

— Pourquoi, mais pourquoi ai-je de si grands pieds ?

9

Un adversaire coriace

J'ai décidé de m'entourer d'Argus et de Belladona, pour leurs talents respectifs qui seront peut-être utiles. Je les trouve à la bibliothèque. Belladona vient de quitter Marie-Blodie et me confie qu'elle a changé.

— Je savais que ce n'était pas une lumière, mais je suis surprise par son bon cœur. Elle m'a priée de te souhaiter bonne chance dans ton enquête et a affirmé qu'elle avait confiance en toi.

Ça alors ! Stimulée par cette remarque, je ne tourne pas autour du pot. L'identité du coupable les laisse sans voix. J'en profite pour leur expliquer mon plan. La lueur d'admiration qui traverse leur regard me remplit de fierté. Ils acceptent d'emblée de m'aider.

En sortant de la voiture, je regarde l'horloge : l'heure du rendez-vous approche. Je me penche vers Plakett.

— Cours prévenir Triplax de se tenir prêt au cas où j'aurais besoin de lui. Qu'il attende mes ordres, surtout ! Retrouve-moi ensuite au bosquet de sapins, non loin du marais.

— Chouette ! De la bagarre en vue ! aboie-t-il en filant à tombeau ouvert.

Argus et Belladona me rejoignent. Sous une neige fine, nous marchons sans tarder vers le marais.

Cachés derrière le massif de conifères, Argus, Belladona, Plakett et moi fixons le chemin. La neige tombe à présent à gros flocons, recouvrant le sol d'une nappe blanche.

À deux heures pile, Escarpino apparaît. Il marche en frottant une botte à l'aide d'un chiffon. Je lui ai demandé d'avoir l'air très absorbé par son travail, et de répondre à Jules qu'il s'était éloigné malgré lui, perdu dans les

reflets cuivrés de la chaussure. Je crois que notre coiffeur sera trop content de trouver Escarpino seul. Comment pourrait-il se douter que c'est un piège?

Soudain, Plakett grogne, la queue tendue.

Telles des statues, nous regardons la silhouette qui approche. Jules arbore sa cape qui lui donne l'allure familière d'un vampire. Quelle ruse!

De son côté, Escarpino s'est arrêté à l'orée de la forêt, où Jules a déjà frappé deux fois. Nerveux, le bottier frotte sa chaussure à la va-vite. Je songe: «Calmez-vous, Escarpino, restez naturel…»

Notre quatuor pourrait sauter sur Jules. Cependant, le prendre sur le fait est la meilleure des preuves. Je sursaute quand sa voix perce le silence:

— Bonsoir, Escarpino. Que fabriquez-vous ici à cette heure? Ce n'est pas prudent…

Le bottier donne la réplique à Jules, comme prévu. Brave Escarpino!

En un tournemain, Jules sort alors de sa cape un vaporisateur et envoie un jet au visage d'Escarpino: pschitt! Le malheureux titube et tombe à genoux, tandis qu'une forte odeur d'ail inonde l'atmosphère. Argus se bouche le nez en grimaçant et Plakett étouffe un gémissement. Moi, je sursaute, car une éprouvette jaillit en un clin d'œil dans la main de Jules. Catastrophe ! Je ne le croyais pas si rapide !

Je lève mon pouce vers Argus, qui s'élance à pas de loup vers Jules. J'ai pensé qu'avec l'effet de surprise Argus aurait le temps de l'hypnotiser. Toutefois, plus vif que l'éclair, Jules se retourne et asperge Argus d'un puissant jet d'ail.

L'hypnotiseur s'effondre, inanimé.

J'aurais dû le prévoir. Depuis le temps que Jules utilise cette technique, il est imbattable. Quelle vélocité ! J'ai sous-estimé mon adversaire. Pour comble de malheur, je n'ai pas de plan B! Furieuse, je me traite de triple andouille, pendant que Jules éclate de rire.

— Ark ! Ark ! Ark ! Deux pour le prix d'un !

Belladona me rejoint en douce et me secoue.

— Du nerf, Rouge-Babine ! Ne baisse pas les bras !

Elle a raison. En voyant Jules prêt à ôter le bouchon de l'éprouvette, j'ordonne à Plakett de l'attaquer. Il se précipite sur le coiffeur en aboyant à tue-tête, les crocs découverts.

Juste au moment où Plakett arrive sur Jules, ce dernier exécute un parfait roulé-boulé en vaporisant un jet d'ail à la tête de mon chien. À son tour, Plakett s'effondre et se tortille sur le sol en gémissant, le museau entre les pattes. Je ne sais plus où donner de la tête, quand Belladona s'avance, un sachet à la main :

— Je vais l'immobiliser avec ma poudre de bétocale.

Pendant que la sorcière marche à pas feutrés vers Jules, ce dernier se penche sur Escarpino. Le coiffeur débouche le flacon, quand la sorcière l'interpelle :

— Jules ! Regardez-moi !

Il se retourne, le sourire aux lèvres.

— Chère Belladona ! Quel charmant tableau que vos yeux de velours sur ce paysage enneigé, susurre-t-il.

Interloquée, elle se fige et rougit.

Je trépigne d'impatience. Quel baratineur ! Qu'est-ce qu'elle attend pour lui lancer sa poudre au visage?

— Chère Belladona! répète-t-il. Désolé de vous décevoir…

De sa main libre, Jules retire de sa cape un autre aérosol qu'il vaporise au visage de la sorcière.

— AAAAHH! Mes yeux brûlent! hurlet-elle en se roulant dans la neige, paumes sur les paupières, tandis qu'une forte odeur de laque vient couvrir celle de l'ail.

Indifférent à sa douleur, Jules s'approche d'Escarpino, toujours dans un état second. Il lui chuchote à l'oreille:

— Cher Escarpino, buvez donc ce sang à ma santé!

Je dois renverser cette éprouvette coûte que coûte! Qu'est-ce qui pourrait désarçonner Jules? Il semble invincible! À moins que… Je cours ma chance en poussant un cri:

— Triplax, hurle!

Jules me sourit:

— Tiens, tiens, il ne manquait plus que toi!

Trois hurlements à glacer le sang écorchent alors nos oreilles. Jules sursaute et se tourne vers la forêt, l'éprouvette à la main.

— Qui... qui est là ? bredouille-t-il.

L'éprouvette tremble entre les doigts de Jules. Sans hésiter, je bondis, m'en empare et la lance aussitôt contre un rocher, où elle éclate en mille morceaux. Jules se retourne, furieux :

— Attends un peu, sale garce ! fulmine-t-il en sortant de nouveau un aérosol de sa cape.

En moins de deux, il m'envoie au visage une giclée de fixatif à l'ail. Je recule, aveuglée. À peine étourdie, je relève la tête sous le regard étonné de Jules.

— Tu... tu n'es pas une vraie vampire ?

Je croise les bras et lui réponds, en montrant mes canines :

— Qu'en penses-tu, Jules ?

Sans crier gare, il se jette sur moi et me prend par le cou. Il ricane :

— Je connais ton talon d'Achille : tes cheveux. La commère Velkro a la langue bien pendue ! Je vais massacrer ta chevelure d'ébène ! déclare-t-il en sortant de sa cape une paire de ciseaux. On ne se moque pas de moi ainsi !

Je blanchis. Pas mes cheveux ! J'ai beau

gigoter, Jules me tient le cou d'une main ferme, les ciseaux dans l'autre. Il est plus fort qu'un bœuf! Il ajoute:

— Ensuite, je vais exterminer ces deux vampires. Il me reste encore une bonne provision d'eau bénite. Ark! Ark! Ark! Dommage que je n'aie pas inventé un fixatif pour embellir Belladona. Quelle laideur cauchemardesque! crache-t-il en se tournant vers la sorcière.

Les yeux rouges d'irritation, Belladona pâlit sous les insultes. Son prince charmant vient de se transformer en crapaud.

Je sens alors les ciseaux qui claquent contre mes oreilles. Je hurle:

— NON! Lâche-moi!

Déchaînée, je bourre Jules de coups de pied, sans résultat. Belladona lance soudain d'un ton coupant:

— Véricolente!

La fiole qu'elle m'a donnée en cas d'urgence! Tel un ver, je me tortille et parviens à la récupérer au fond de ma poche, tandis que Jules vocifère:

— Arrête de remuer, je n'y arrive pas!

Je me démène de plus belle, arrache le

bouchon de la fiole et lance le contenu sur les ciseaux, le premier ennemi que je dois neutraliser. Le liquide gluant et vert s'y fixe, coulant sur la main de Jules. Les yeux ronds, il s'exclame :

— C'est quoi, ce truc ?

Les ciseaux, figés, ne claquent plus. Jules me lâche et tente de se libérer avec l'autre main, qui adhère à son tour aux ciseaux. Le voilà prisonnier de la véricolente. C'est le moment d'en profiter. Je crie :

— Triplax, attaque !

Aussitôt, le monstre à trois têtes surgit de la forêt. Il arrive derrière Jules, qui se débat en vain contre la mixture de Belladona. Triplax pousse de nouveau trois hurlements atroces.

À la vue de Triplax, Jules bondit dans les airs et recule, terrorisé. Il regarde à droite : impossible de fuir par la forêt, le monstre bloque l'issue. Sa seule chance de s'évader se trouve à sa gauche, vers Brumenoire. Il s'élance, puis s'arrête net en voyant sortir du marais d'énormes tentacules qui se tortillent dans les airs. Jules est pris au piège !

Sans crier gare, Triplax le soulève et

commence à jongler avec lui, de plus en plus vite.

Argus et Escarpino, qui ont repris leurs esprits, regardent avec des yeux ronds ce spectacle insolite. Belladona ricane en tapant des mains et Plakett, de nouveau debout, branle la queue. Quant à moi, je ris à gorge déployée de cet amusant numéro.

Après une dernière pirouette, si haute que j'ai cru que Jules deviendrait le prochain satellite, Triplax le laisse tomber sur la neige. Je le remercie pour son aide précieuse et envoie la main à Lison.

M'approchant de Jules qui revient peu à peu à lui, je murmure :

— Prêt pour l'interrogatoire final ?

10

Tout ce qui brille n'est pas or

Nous nous rassemblons en cercle autour de Jules, gardé à vue par Triplax. Il me reste des points à éclaircir. Je ne tourne pas autour du pot et lance :

— Pourquoi as-tu tué Fossilius avant de te présenter à Brumenoire ?

— De cette façon, j'étais à l'abri de tout soupçon ! Astucieux, n'est-ce pas ? Quand j'ai aperçu ce vieux schnock, j'ai su qu'il était le chef. Ça a été un jeu d'enfant de le surprendre avec une bonne dose d'ail en jet. Dans un état second, il m'a fourni les informations désirées sur Brumenoire et ses habitants. Toutefois, ce vieux débris ne m'a pas parlé du monstre qui habitait la forêt, grogne Jules.

Pendant qu'il jette un regard furieux à Triplax dont les trois têtes rigolent, je poursuis :

— Pourquoi ne te débarrasses-tu que des vampires aux grands pieds ?

Je jubile en voyant son air ahuri.

— C'est un secret que je ne dévoilerai pas !

Je hausse les épaules. S'il croit s'en sortir les doigts dans le nez, il se trompe ! Je continue :

— J'ai trouvé les lunettes de Jimmy ainsi qu'une éprouvette dans la forêt. C'est ton complice ?

— Cet imbécile ? Quelle idée ! J'exécute mes crimes en solo. Je possède aussi des lunettes fumées que je comptais porter pour me protéger du pouvoir hypnotique d'Argus. En volant celles de Jimmy, j'ai pensé que les soupçons iraient sur cet idiot. Profitant de son admiration sans bornes à mon égard, je lui ai demandé de me refiler des éprouvettes en échange de coiffures en vogue. Cet abruti m'a cru quand je lui ai raconté que c'était pour créer une nouvelle teinture !

Et ça lui a donné l'idée de voler mes éprouvettes pour se venger. Il n'a pas digéré que je le traite d'idiot devant le groupe de vampires. Quel orgueilleux ! J'enchaîne :

— Pourquoi as-tu tué Viktor peu de temps après avoir attaqué Argus ? Et pour quelle raison rôdait-il dehors à cette heure ?

— J'étais frustré d'avoir raté Argus. J'ai aussi voulu semer la panique en frappant près des voitures. Ça a réussi, non ? Par prudence, j'ai donné rendez-vous à Viktor en fin de nuit, puisque les vampires restent cloîtrés dans leurs voitures-lits à cette heure. Je lui ai raconté que je possédais des revues rares de coiffure qui plairaient à sa fille. Ce nigaud est tombé dans le panneau ! ajoute-t-il avec un sourire dédaigneux.

Je grince des canines. Quand je pense à la peine de Marie-Blodie, je me retiens pour ne pas sauter à la gorge de ce meurtrier.

— À mon tour de te poser une question, lance-t-il. Comment as-tu su que j'étais le coupable ?

— Élémentaire, ma chère crapule ! J'ai profité de ton absence pour visiter ta voiture.

— Satanée fouineuse ! J'aurais dû me méfier de toi, avec ton maudit calepin que tu noircissais sans arrêt.

— Du calme, Jules. J'ai trouvé les fixatifs à l'ail aux fausses étiquettes. Cependant, ton meilleur plan est l'eau bénite, avec laquelle tu as rempli tes bouteilles de boisson énergétique.

Son silence est éloquent. Ses yeux aussi : s'ils étaient des pistolets à balles d'argent, je mourrais sur-le-champ ! Quant à Argus, Escarpino et Belladona, ils sont muets de surprise. La suite devrait les pétrifier. Je prends une grande respiration et déclare, en montrant le coiffeur du doigt :

— Je vous annonce que Jules n'est pas un loup-garou !

Ils sursautent. Plakett redresse la tête, les oreilles tendues. Les remarques fusent.

— Comment est-ce possible ? C'est du délire !

Quant à Jules, il me fixe de ses prunelles noires, bouche cousue. Je demande le silence et continue :

— J'ai découvert un double fond à sa valise, au contenu révélateur : faux crocs, fausses griffes, larges favoris, barbe, bandelettes de poils autocollantes et lentilles de contact noires jetables. Quant à ses sourcils qui se rejoignent, signe distinctif du loup-garou...

Je m'approche alors de Jules et, d'un coup sec, les lui arrache.

— Aaahhh ! crie-t-il de douleur.

— Ooohhh ! s'exclament les autres, stupéfaits, en apercevant ses sourcils roux.

— J'ai aussi trouvé une cassette qui contient l'enregistrement des hurlements d'une bête. Je voudrais savoir où tu as caché ta puissante minichaîne stéréo et ta fausse peau de loup.

— Elles sont dissimulées près de l'entrée. Je vous ai eus, n'est-ce pas ? En plus, je ne suis pas coiffeur ! Ark ! Ark ! Ark ! Quelle bande de crétins !

Là, il m'en bouche un coin ! Argus et Escarpino serrent les canines. Jules s'est payé leur tête de belle façon ! Je souris en imaginant celle de Jimmy quand il apprendra cette nouvelle... Maintenant, revenons à nos moutons.

Je veux vérifier si l'hypothèse de Belladona est exacte. Je retire l'émetteur de ma poche et déclare :

— Grâce à ceci, tu as suivi Argus jusqu'à Brumenoire, n'est-ce pas ?

Une lueur admirative traverse son regard. Je remercie Belladona d'un signe de tête. Il reste une chose qui m'intrigue au plus haut point. Je répète donc :

— Pourquoi te débarrasses-tu des vampires aux grands pieds ? Avec plus de quarante victimes à ton actif, ça ne te suffit pas ?

— Par vengeance. Tu n'en sauras pas plus !

Je prononce aussitôt le nom de Triplax. Sans hésiter, le monstre soulève Jules d'une main et le secoue comme un prunier.

— D'ac… cord, d'accord ! capitule-t-il, je vais parler. Toi, l'espèce de triple chose, dépose-moi !

Triplax le laisse tomber dans la neige en riant. Les bras croisés, j'attends sa réponse.

— Ce V que je trace, c'est pour vengeance, vengeance, vengeance ! hurle-t-il, la bave aux lèvres.

Je reste surprise devant tant de rage. Je demande :

— Pourquoi ?

Un silence s'ensuit, brisé par la voix blanche de Jules qui explique :

— Il y a quinze ans, ma mère est tombée malade. Pâle et affaiblie, elle refusait de voir un médecin. Ses gémissements nocturnes m'inquiétaient. La troisième nuit, je me suis caché sous son lit pendant qu'elle prenait son bain. Quand minuit a sonné, on a gratté à sa fenêtre. Ma mère s'est levée et a ouvert. D'où j'étais, je ne voyais que les immenses pieds d'un homme.

« Un son guttural et un horrible gargouillis ont alors retenti dans la pièce, suivis d'un long soupir de ma mère. La fenêtre a claqué, je suis sorti de ma cachette. Ils avaient disparu ! J'ai compris ce qui s'était produit en voyant du sang sur le plancher. Ma mère partie, j'ai été élevé par une tante terrible. Je me suis promis qu'à ma majorité je partirais à la chasse de celui qui avait vampirisé ma mère. Pour la venger, j'élimine donc sans exception les vampires aux grands pieds que je croise.

«Tant d'années se sont écoulées depuis ce jour, sans que je revoie ma mère. Elle doit errer comme une âme en peine... conclut Jules dans un murmure.

— Quel est le nom de votre mère? demande soudain Argus en le fixant du regard.

— Hélène, répond Jules, foudroyé par les prunelles de l'hypnotiseur. Son deuxième nom est Carmilla.

Argus sursaute. Jules sort de sa transe et crie:

— C'est vous qui l'avez vampirisée! Espèce de salaud! ajoute-t-il en se précipitant sur l'hypnotiseur, qui l'immobilise illico d'un regard pénétrant.

— Ce n'est pas moi, réplique Argus d'un ton sec. Cependant, j'ai le privilège de la connaître. Votre mère est... LA REINE DES VAMPIRES!

Bouche bée, je regarde Jules qui s'effondre par terre, sonné. Il balbutie:

— Je... ce... ce n'est pas possible! Vous mentez!

— Votre mère a été vampirisée par le prince des ténèbres en personne, qui a ensuite

succombé à son charme. Leur union a duré plusieurs années, jusqu'à ce qu'un mal étrange tue le prince. Son sang circule dans les veines de votre mère. Elle est devenue la plus puissante des vampires.

Je tombe des nues. Quant à Jules, il ne cesse de répéter :

— C'est impossible ! Impossible !

Argus sort alors de sa poche une rare photo de Carmilla. C'est une splendide rousse aux yeux verts. Jules pâlit.

— Maman... chuchote-t-il en baissant la tête.

En silence, Argus et Escarpino le prennent chacun par un bras et le ramènent à Brumenoire. Quel sort lui réserve-t-on ?

11

Enfin libres !

La nuit dernière a été fertile en émotions. Quand j'ai annoncé à Marie-Blodie qu'elle pouvait avoir l'esprit en paix, elle a éclaté en sanglots, soulagée.

— Rouge-Bab, tu es la meilleure ! Pour te remercier, voici un peigne en nacre. Il a appartenu à une auteure, Agatha Christie, je crois. Belladona m'a appris qu'elle était la reine du crime. Mon père l'avait acheté à une vente aux enchères. Il te plaît ?

Quand j'y pense, je n'en reviens pas encore ! Je lui ai sauté au cou, ravie. Pour la première fois depuis la mort de Viktor, un sourire a éclairé son beau visage. Elle a ajouté:

— Je savais depuis le début que Jules n'était pas un véritable coiffeur, avec ses compositions ridicules.

Je suis restée bouche bée devant tant de mauvaise foi. Une des facettes de Marie-Blodie qui n'a pas changé, d'ailleurs!

Comme prévu, les vampires sont tombés de haut en apprenant la nouvelle.

Corbillard a transmis un message d'Argus à la reine des vampires. Une heure plus tard, deux gardes de Sa Majesté sont venus cueillir Jules, qui sera jugé pour ses crimes par sa propre mère.

* * *

Ce soir, Brumenoire est silencieux. Les vampires ruminent cette histoire abracadabrante. Chacun digère fort mal la façon dont Jules s'est moqué d'eux !

Je suis assise sur les marches de notre voiture en compagnie de Plakett et de Marie-Blodie, qui est perdue dans ses pensées. J'étire bras et jambes encore une fois. Depuis la fin de la nuit dernière, des fourmillements de plus en plus fréquents parcourent mon corps. Belladona pense qu'un nouveau pouvoir devrait me tomber dessus bientôt.

Tiens, la voilà qui arrive avec Argus.

— Alors, Rouge-Babine, contente que cette histoire soit terminée ? demande-t-il.

— Euh, oui et non ! Je m'ennuie déjà un peu…

— Vraiment ?

Quoi qu'il en soit, chapeau pour ta première enquête. Tu as ça dans le sang! ajoute-t-il en me tapant sur l'épaule.

Qu'est-ce qu'il lui prend? Tandis que Belladona rigole devant mon air ahuri, il continue:

— Après les événements de la nuit dernière, j'ai pris deux décisions. *Primo*, ton ami Triplax sera dorénavant libre de venir à Brumenoire. Il est courageux et nous a défendus avec brio. Il mérite une place parmi nous.

Belladona me décoche un clin d'œil. Je reste bouche bée à cette annonce. C'est trop génial! J'imagine Jimmy péter les plombs... Suspendue aux lèvres d'Argus, j'attends la suite avec impatience.

— *Deuzio*, ajoute-t-il après un moment de silence, j'ai décidé d'amender un règlement de Fossilius. À partir d'aujourd'hui, Marie-Blodie et toi serez libres de sortir de Brumenoire, en compagnie d'un adulte, cependant! Si vous voulez, je suis disponible ce soir.

Je n'en crois pas mes oreilles! Pendant que Marie-Blodie pousse un cri de joie et entame une danse avec Belladona, je saute au cou d'Argus. Surpris, il se raidit :

— Purpuratum ! Que m'arrive-t-il ? Je ressens des émotions inusitées en ta présence. Tu ne serais pas un peu sorcière toi aussi, par hasard ? ajoute-t-il en souriant.

C'est à mon tour d'être étonnée. C'est son premier sourire en cent ans !

Plakett me saute alors dessus en aboyant.

— Tu as raison, mon chien, il faut vite prévenir Triplax de la bonne nouvelle !

En courant vers la forêt, je ressens des picotements beaucoup plus forts qui me traversent le corps.

Je me demande ce que me réserve encore le sang-dragon...

Table des matières

Dans la même collection, à la courte échelle:

Mon Roman fantastique

Lili Chartrand
MR28 *Rouge Babine, vampire détective*

Denis Côté
MR5 *La machination du Scorpion noir*

Véronique Drouin
Série L'île d'Aurélie
MR7 *L'île d'Aurélie*
MR17 *Aurélie et l'île de Zachary*

Johanne Gagné
MR23 *La planète Jojo*

Mylène Gilbert-Dumas
MR4 *Mystique*

Philippe Girard
MR30 *Les crayons de douleur*

Paul Rousseau
Série Lucifer
MR2 *Lucifer, mon grand-père*
MR13 *Lucifère Première*
MR20 *Lucifer Jones*

Joceline Sanschagrin
MR6 *Le Visage masqué*

Gilles Tibo
MR8 *Le gardien du sommeil*
MR12 *Le voyage du funambule*

Mon Roman science-fiction

Philippe Girard
MR1 *Gustave et le capitaine Planète*
MR9 *Gustave et le sosie du capitaine Planète*
MR16 *Gustave à la rescousse du capitaine Planète*
MR19 *Gustave et l'énigme du capitaine Planète*

Mon Roman fantaisiste

Annie Langlois
  Série Victorine
  MR14 *Victorine et la liste d'épicerie*
  MR25 *Victorine et la balade en voiture*

Caroline Merola
  MR26 *Ulysse et la reine des pestes*

Gilles Tibo
  MR15 *La vie comptée de Raoul Lecompte*

Mon Roman humoristique

Alain M. Bergeron
  Série Mission
  MR21 *Mission oisillon*
  MR27 *Mission ouaouaron*

Mon Roman intimiste

Charlotte Gingras
  MR3   *La boîte à bonheur*

Danielle Marcotte
  MR11 *Les sabots rouges*

Sylvie Massicotte
  MR29 *Ma vie de reptile*

Marthe Pelletier
  MR10 *Un royaume inventé*
  MR18 *Des amours inventées*

Mon Roman du quotidien

Marie Décary
  MR22 *Le vélo voyageur*

Mon Roman Conte traditionnel

Jasmine Dubé
  MR24 *L'enfant de la cheminée*

Achevé d'imprimer en septembre 2009 chez Gauvin, Gatineau, Québec